U0493228

你在天边

库拉西汉·木哈买提汉　著

甘肃人民出版社

图书在版编目（C I P）数据

你在天边 / 库拉西汉·木哈买提汉著. -- 兰州 : 甘肃人民出版社，2017.1（2022.1重印）
ISBN 978-7-226-05108-5

Ⅰ. ①你… Ⅱ. ①库… Ⅲ. ①诗集－中国－当代 Ⅳ. ①I227

中国版本图书馆CIP数据核字（2016）第326943号

责任编辑：牟克杰
封面设计：魏　婕

你在天边

库拉西汉·木哈买提汉　著
甘肃人民出版社出版发行
（730030　兰州市读者大道568号）
三河市嵩川印刷有限公司印刷
开本 880×1230 毫米　1/32　印张 5.75　插页 2　字数 97 千
2017 年 1 月第 1 版　　2022 年 1 月第 2 次印刷
印数：1 001~2 000册
ISBN 978-7-226-05108-5　　定价：38.00 元

荐 言

在多元文化差异和冲突中，库拉西汉·木哈买提汉寻找本民族文化的诗意超越。她的诗歌中洋溢着浓厚而热烈的浪漫主义理想色彩，偏重于时代与生活的铺叙，以强烈的抒情色彩、坚实的艺术形象、深邃的哲理韵味尽情地回归自己的内心，表达属于自己的个性私语。凭借从民族优秀诗歌文化传统中秉承下来的天赋诗性觉悟和生命灵气，默默地在汉语诗坛这块熟悉而又陌生的土地上耕耘、跋涉，多角度透视本民族精神内涵和民族心理素质的变化，执着地在诗歌的海洋里遨游，将诗歌当成自己生命的一部分，以诗歌的方式见证了自己对文学的赤诚与对生命的张扬。她的诗歌集《你在天边》，以大胆的想象和夸张，描写奇特的情节，塑造非凡独特的性格，安然静谧、透明无光、超越时空，却蕴含了她无尽心意——既是纯真高尚的爱情又是无限的人生追求，真切地支配着她的生命，又那样缈远，可望而不可即。

中国金融戏剧家协会副主席、作家　何奇

目录

【001】 神话

【004】 当你老了

【006】 一片秋叶

【008】 你的名字

【010】 一间小屋

【012】 过去和现在

【014】 天使与魔鬼

【016】 我们心中涌起一种情感

【018】 年轻的心

【019】 雪在下

【021】 天堂

【023】 你的影子

【025】 高峰

【027】 你在天边

【029】 我无法融入大漠的怀抱

【030】 同一种光芒

【031】 搏击蓝天飞向远方

【032】 爱上你

【034】 爱情盒子

【036】 春天的面纱

【038】 许　愿

【040】 啊，额尔齐斯河

【042】 老　师

【043】 无　奈

【045 那年的梦底

【047】 是　你

【049】 美丽的一瞬间

【051】 永恒的精神

【053】 英雄的哈萨克

【056】 雪花的大手

【058】 冬天，像你的吻

【059】 乌孙女将

【061】 向往的小路

【062】 攀

【064】 海边憧憬
【065】 一张照片
【067】 今　天
【069】 我不嫌弃
【071】 希　望
【072】 手机短信
【073】 童　年
【074】 十年前
【076】 相　约
【077】 冬天的巴里坤
【079】 我在哪里
【081】 路上
【083】 他从黎明的笑靥中走来
【085】 大山的乳汁
【087】 动物世界
【089】 春　草
【090】 宁静的港湾
【092】 我将在你的笔下永生
【093】 忧　伤
【094】 夏日的怀抱

【095】 清　泉
【097】 十六岁的花季
【098】 来吧，朋友
【100】 我们心中燃着歌的精神
【102】 回　忆
【104】 你为何带有忧郁的心情
【106】 曙光女神
【108】 延长青春
【110】 相　遇
【111】 恋人峰
【113】 圣　像
【114】 水上乐园
【115】 幼儿教师
【116】 人生阶梯
【117】 我们活着
【119】 永不道别
【121】 诗　人
【122】 狂风呼啸
【124】 三胞胎
【126】 你的真实

【128】 诗　歌
【130】 生　活
【132】 彩陶罐
【134】 大地渴了
【136】 夜空歌唱
【138】 秋日黄昏
【139】 爱的护身符
【140】 林中漫步
【142】 激发心中爱的喜悦
【144】 往　事
【146】 流星把爱传递
【147】 读　书
【149】 相信自己
【151】 另一个自我
【153】 我在他乡
【155】 心灵是我的朋友
【157】 林间空地
【158】 我爱你
【159】 你是一束光，从天而降
【160】 你的呼唤把我唤醒

【162】 在你的手心

【164】 他们知道

【166】 楼　房

【168】 她的闪现

【169】 闯　荡

【171】 纯真的眼睛

【172】 雨

【173】 相　思

神　话

你可知道,一万年前
你是王子,我是公主,
同一个时辰,出生于两国,
各国之间战火连连,
你和我流落民间,
共同的遭遇,
你和我命运相连,
爱的种子在心间萌芽。
即便历尽风霜雪雨,
我们却依然相约
在某年某月某日,
要把爱的玫瑰插在山的顶点。
你身穿盔甲,手持利剑,
率军奔赴战场重整乾坤。

我身着战服,女扮男装,
隐瞒身份与你并肩作战,
激烈作战几天几夜,
歼灭顽敌,高擎锦旗,
你和我遍体鳞伤,
经历血与泪的悲鸣,
匍匐到相约山冈插上玫瑰,
一对天鹅飞翔高空,
那是你和我的化身,
爱的玫瑰在山岗静静绽放。

你可知道,一万年后的今天,
你是诗人,我是作家,
你在海角,我在天涯。
依然坚守爱情的诺言,
千山万水无法阻挡,
爱情的力量。
金笔是保卫爱情的武器,
蓝天见证爱情深度,
白云见证爱情的纯洁,
高山见证爱情的伟大,
小草见证爱情的生命。
你的诗歌里全都是我,

我的故事里你是主角。

你可知道,一万年后,
你在火星,我在水星,
同一个宇宙,
爱情,
横跨时空,
我们却依然相约
在某年某月某日,
要把爱的玫瑰插在生命的星球,

当你老了

当你老了，
满头白发，
脸上布满皱纹。
双手捧着书本，
回味美妙人生，
我愿斟一碗茶，
陪在你身边。

当你老了，
含胸驼背
迈着颤巍巍的脚步。
走在落满树叶的花园。
我愿牵你布满老茧的手，
走完金色的秋天。

当你老了，
牙齿掉了，
微微闭着双眼，
坐在炉火旁打盹，
我愿陪在你身边，
进入你梦乡。

当你老了，
手持拐杖，
伫立在秋风中，
遥望天边的白云，
我愿陪在你身边，
目送夕阳西下。

你老了，
我愿和你一起老去
完成人生未了的梦想。

一片秋叶

我愿是一片秋叶，
沐浴过春天的阳光，
吮吸过夏天的细雨。
茁壮成熟。
秋天金色的阳光里，
我从那年华的树上，
落在地上，
一片秋叶，
落下来，
并非死亡，
是坠入了大地生命的波流，
静静躺在大地的怀抱，
向大地倾诉人间的故事，
大地上的一切生命，

都在倾听人间的悲欢离合。

整个冬天里，

欢笑、哭泣、奔波、歇息，

都在我的故事里，

延续，

生命在延续……

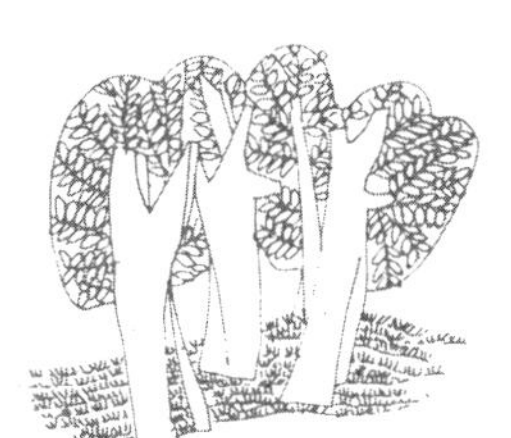

你的名字

你的名字，
是明月闪耀的银辉，
点亮我的夜空。
你的名字，
是黑夜最亮的星星，
闪亮在我灵魂深处。
你的名字，
是一束阳光，
穿过我的思想。

你的名字，
是一把利剑，
让我意志和事业一同迸溅。

你的名字，

是一分力量，

是我唯一鼓舞的泉源。

你的名字，

渗入我的血液，

滴入我的心房，

陪我一同走向人生终点。

一间小屋

一间小屋，

充满欢声笑语，

在这里，

住着一对夫妇。

暮色昏暗，

一间小屋，

破烂的小屋，

灯火透明，

光亮穿透夜的心脏。

一间小屋，

洋溢着温馨的氛围，

在这里，

住着一对年轻夫妇，

他们忘记白天的劳累，

相互深情地凝视。

一间小屋，

矗立在夜的怀抱，

在这里，

住着一对年轻夫妇，

他们披着星星，

靠背坐在门口，

遥望对面的高楼，

憧憬美好的未来。

向往高楼的日子。

* * *

对面的高楼，

住着一对夫妇，

没有欢笑，

没有言语，

冷冷清清，

他们遥望对面的小屋

回忆美好的过去，

爱情已成为过去，

内心一片空虚，

他们只剩金钱。

过去和现在

那年，

你悄然离去，

我孤独地漫游，

像一片云，

没有欢笑，没有目标，

多少个日子静静地消逝，

没有眼泪，没有爱情，

我的生活一片阴暗。

如今，

我心里的一切已经苏醒，

因为你重新出现在我面前，

我的生活重染了色彩，

心在狂喜中跳动，

点燃了我生锈的灵犀。

有了诗歌的灵感，

有了欢笑，有了目标，有了爱情，有了眼泪。

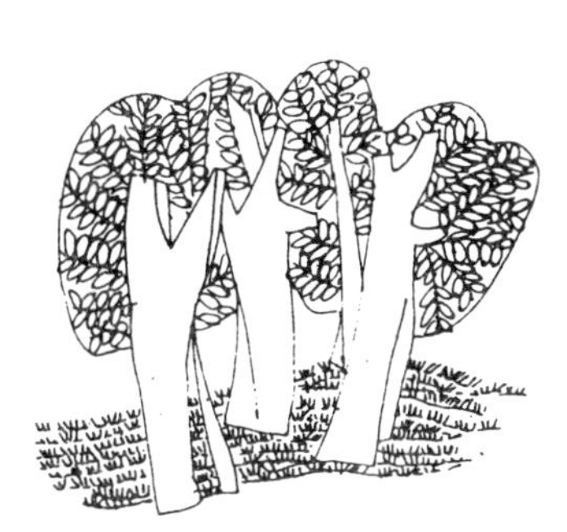

天使与魔鬼

你是那么纯洁无瑕，
宛如雪峰飘落的雪花。
你的生命源于光芒，
蓝天是你永恒的家。

你是天使下凡人间，
我的灵魂与你做伴。
你用雨滴般的阳光，
驱散我心中的黑暗。

道路阻隔有你引领，
我不再害怕迷失方向。
即便衰老也不放弃，
因为你说他在天边。

你是天使，我是魔鬼，

我的躯体一般是你。

你的英姿楚楚动人，

我心随你。

魔鬼沉睡。

巍巍雪峰，他在山巅，

我随天使迎风而上。

心中的歌搭建桥梁，

我愿回到他的身边。

我们心中涌起一种情感

当三月的花朵震颤寒冷，
我们心中会涌起一种情感。

当细雨蒙蒙滋润大地，
我们心中会涌起一种情感。

当那残叶随风飘零，
我们心中会涌起一种情感。

当雪花柔软坚硬大地，
我们心中会涌起一种情感。

当夕阳映照晚霞，
我们心中会涌起一种情感。

当炊烟袅袅升腾，
我们心中会涌起一种情感。

当小鸟在枝头歌唱，
我们心中会涌起一种情感。

当牛羊在草地静立不动，
我们心中会涌起一种情感。

当午夜的钟声敲响，
我们心中会涌起一种情感。

当岁月的足迹印在脸上，
我们心中会涌起一种情感。

年轻的心

年轻的心是燃烧的火焰，
年轻的心是一把利刃的剑。
年轻的心没有寒冷和黑暗，
年轻的心不会疲惫和悲伤，
年轻的心因爱而振奋，
年轻的心是一艘闪光，
点燃心中不灭的火焰，
年轻的心是燃烧的火焰。

雪在下

雪在下，
马路上行人匆匆，
老公在我身边，
无语。
一只小鸟飞过头顶，
落在枝头，
凝视远去的身影。
雪在下，
孤单的小鸟，
不怕寒冷，
只怕孤寂，
目送远去的身影。
雪还在下，
一颗心因爱而痛，

小鸟依然在枝头，

凝视远方，

爱在心里，

默默等待，

等你回来。

雪依然在下，

老公在我身边，

无语。

天　堂

为何我手持金笔抒发情怀，
不愿尘埃落定我心扉，
寻觅，
一群群人在我周围，
不是朋友，不是仇敌。
可悲，
眼前烟雾弥漫。
我手握利剑，
披荆斩棘，云消雾散。
那边你从人群中出现，
寻寻觅觅，是你，
不用绳索两颗心被捆绑，
没有原因，激情奔放，
手握金笔我抒写诗章。

即便你我身处两地分隔千里，

千山万水无法阻挡，

狂风暴雨无法浇灭，

燃烧的火焰。

寻觅——天堂，

谁说天堂在天上，

天堂在你我之间。

你的影子

我像一只归巢的小鸟，
千里迢迢，
飞到静静流淌的楚河边，
我在河面白云的倒影里，
寻找你的影子。
飞到茫茫的草原，
我在朵朵郁金香的花瓣里，
寻找你的影子。
飞到脉迪奥斯山山顶，
我在山巅皑皑的高峰下，
寻找你的影子。
飞到神秘的阿拉木图，
我在芬芳的苹果树下，
寻找你的影子。

飞到楚县热闹的市场，

我在灰黄蓝绿的眼睛里，

寻找你的影子。

就在这里，

你就在这里，

在纯净的天空下，

你默默地守候着，

我的爱。

高　峰

茫茫戈壁，
我们已行程万里，
朦胧的高峰，
出现在天际。

我们展开理想的翅膀，
你在我身边，
我在你身边，
为了前方的高峰，
我们已前行。

洁白的毡房，
就在峰巅，
我们是毡房的主人。

毡房的主人，
是振翅飞翔的雄鹰，
是爱情执着的恋人，
是捍卫民族尊严的先哲，
是传承祖先品质的诗人。

为了这座高峰，
你和我走完人生一般路程。
莫叹息，莫泄气，
即便妖魔鬼怪，
阻挡我们路程，
即便艰难险阻，
就在我们前方，
我们必将战胜困难。
因为，
你在我身边，
我在你心上。

你在天边

你在天的那边，
已经把我看见，
送来一个问候，
温暖我的冬天。

你在天的那边，
已经把我看见，
用彩虹搭桥梁，
让我走到你身边。

你在天的那边，
已经把我看见，
拨开小河泉源，
让它缓缓流淌。

流到草原，

流到牧场，

流到大海，

流到天那边，

流到你身边。

我无法融入大漠的怀抱

我无法融入大漠的怀抱，
心在茫茫绿洲游荡，
梦就在你身边。
歇息。
我无法融入大漠的怀抱，
不再等你的报答。
我已整装起航，
拥有你，
我潇洒。

同一种光芒

你的眼睛，

我的眼睛，

鲁院里四十四双眼睛，

释放出同一种光芒。

不分民族，

不分年龄，

鲁院里四十四双眼睛，

释放出同一种光芒。

那是燃烧的青春，

那是燃烧的火焰，

那是对文学爱的光芒。

燃烧吧！

心中的青春，

心中的火焰，

永远！

搏击蓝天飞向远方

我是大山的孩子，
洁白的毡房是我的摇篮，
奔腾的骏马是我的翅膀，
清澈的泉水流进我胸膛。

母亲的乳汁哺育我成长，
父亲的故事催我入眠，
成群的羊羔陪我童年，
蔚蓝的天空有我梦想。

美丽的故乡，美丽的画卷，
你在那远方，你在我心间，
不论我身处在何方，
搏击蓝天飞向那远方。

爱上你

就在那个湾，
我出现在你眼前，
来不及思量，
来不及抵挡，
你已把我搂在怀中，
疯狂地吻着我的脸。
我无法言语，
无法抗拒，
你的英姿，
你的气魄，
已经把我征服，
把我压倒在那沙滩，
我轻轻地闭上双眼，
倾听你，

猛烈的心跳，

急促的呼吸，

我已陶醉。

当我睁开眼睛，

我热血沸腾，

激情奔放，

恰似你翻滚的大浪，

啊，我已深深地爱上你，

北戴河，渤海湾！

爱情盒子

做一个盒子，
把我的思念，
我的祝福，
我的誓言，
我的爱，
装在里面，
寄给你。
你收到的盒子，
是爱情的盒子，
莫要打开，
要珍藏。

当你痛苦时，
打开盒子，

有我的思念，
与你相伴。
当你快乐时，
打开盒子，
有我的祝福，
激励你向前。
当你失落时，
打开盒子，
有我的爱，
给你力量。

春天的面纱

天空依然阴沉，
春天的衣裳沾着沙尘。

望着天空飘散的白云，
羊儿无奈地叹息，
白云啊，
你为何不歇息片刻。

这里期盼雨水，
雨水啊，
你总是遥遥无期。

灰色的世界，
一只蝴蝶飞过，

一个小孩追着。

蝴蝶飞落在早开的花朵上，
亲吻它的脸颊，
小孩喜滋滋地望着。

一幅迷人的图画，
揭开了春天的面纱。

一阵微风吹来，
拨动心弦，
奏响了春天的序曲。

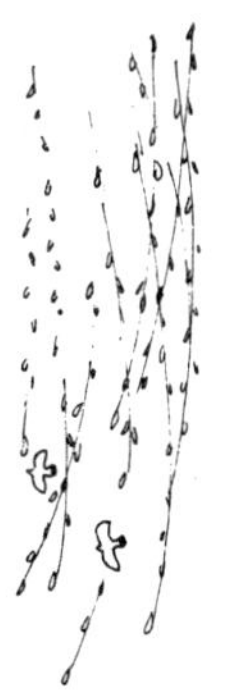

许　愿

美丽的新疆，天高云淡，
旅行的人儿，奔驰在路上，
出门在外，许个心愿，
都说能实现。

疲惫的人儿在车厢里打盹，
我紧闭双眼默默许愿。
蓦然雨滴敲打我车窗，
喜悦之花在我心田怒放。

这里春雨蒙蒙
这是春天的礼品，
下雨天，许个心愿，
都说能够实现。

朋友，我为你许愿，
远方的你是否听见？
窗外雨声嘀嗒，
车内响起手机铃声。

是我朋友发来短信：
“这里下雨，
我默默许愿，
祝你在外平安！”

感慨，惊讶，激奋，
涌上我心间，
啊，这是巧合还是天意？

啊，额尔齐斯河

啊，额尔齐斯河，
婀娜多姿，轻轻流淌，
犹如哈萨克姑娘，
温柔大方。
啊，额尔齐斯河，
千年青松，守在你身旁，
为你倾吐心中的爱意，
啊，额尔齐斯河，
阿米尔萨拉高峰，
是爱情的见证，
向世人诉说那段动人的爱情。
啊，额尔齐斯河，
一条条鲤鱼，
在清澈水底，

逆流而上。

我是你河里的小鲤鱼，

逆流而上，

追溯根源。

老　师

为何，

你的身体不再那么挺拔，

你的步伐不再那么轻盈。

你的头发不再那么亮丽，

你的皮肤不再那么细滑。

然而，

你的微笑依然那么灿烂，

你的歌声依然那么响亮。

你的眼睛依然那么明亮，

你的心灵依然那么纯净。

因为你是老师。

无　奈

风儿平息，
鸟儿沉睡，
群山静静躺在大地的怀抱，
我观望，沉思，哭泣，
心儿难以平息，
岁月的痕迹，
不在我脸上，
留在我心里，
生活像严酷的考官，
紧绷的脸上迸射寒光，
人们奔波，寻思，哀叹，
疲惫的心儿，
找不到回归的方向，
敢问风儿：

梦在何方？

敢问鸟儿：

我将何去何从？

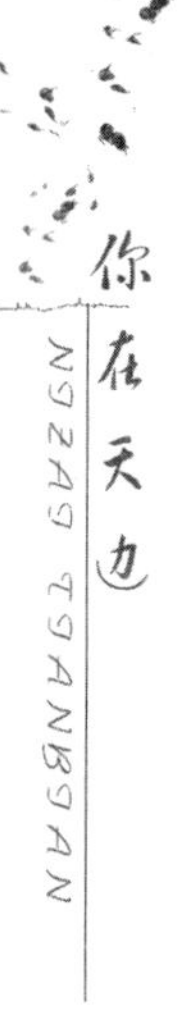

那年的梦底

那年，
我们相隔万里，
只在梦里相遇。
那年，
你牵着她的手，
步入结婚殿堂。
那年，
我在荒漠风口，
守候孤寂夜空。
那年，
我牵着他的手启程，
你在山的那边，
心在飘摇，
身不由己。

那年，

我梦中与你相遇，

今天与你邂逅，

惊喜，

泪水凝固千言万语，

你说：

梦见的是你，

我说：

让梦继续。

是 你

春暖花开的季节，

你告诉我花儿会凋谢，

寒风刺骨的冬天，

你告诉我春天会来临，

落叶飘零的金秋，

你告诉我希望还会有。

色彩斑斓的夏天，

你告诉我梦就在你身边。

生活无味，

我感到疲惫，

你在我身边安慰，

我感到迷茫，

你给我指点方向，

我通常颓废沮丧。

你告诉我，
人生短暂，
莫悲伤。
梦里，
那让我见到辉煌前程，
生命里，
你点燃我希望之火，
我一千次死亡，
是你，
让我一千次诞生，
感谢你，
相信你，
我的灵魂，另一个我自己。

美丽的一瞬间

美丽的一瞬间，
你出现在我眼前。
犹如昙花一现，
定格在我心间。

美丽的一瞬间，
我默默看你的脸。
倾听你爱的誓言，
心儿已忘记孤单。

美丽的一瞬间，
你轻吻我唇边。
灵魂里爱的气息，
两颗心紧紧相连。

美丽的一瞬间，

一声问候与思念。

传递爱的宣言，

铭刻心间到永远。

永恒的精神

人间永恒的精神，
影响一代代人们。
焦裕禄、铁人精神，
我们理想的风帆。

学习崇高的精神，
净化我们的心灵。
牢记党员的宗旨，
心系广大的群众。

党员树立人生观，
党章为镜正衣冠。
洗洗澡来治治病，
“四风”问题要除尽。

升华我们的思想，
知识苍穹里翱翔。
不当井底的青蛙，
放大我们的眼光。

高巍的历史峻岭，
闪烁瑰丽的思想。
将文字化作精神，
为中国梦而畅想。

英雄的哈萨克

踏马离乡为了什么？
翻过高山，穿过荒漠。
豺狼当道，蛇蝎横行，
无尽狂沙不停乱刮。

一刀一剑声震天下，
战死沙场也不怕。
马蹄写下不朽诗章，
英雄一生在叱咤。

同甘共苦走遍天涯，
心中唯有一丝牵挂。
多少兄弟，多少亲人，
离别在咫尺天涯。

擦干眼泪，踏上战马，
英雄挥刀为国为家。
狼烟滚滚，一路艰辛，
永不放弃心中选择。

深山僻壤，留下足迹，
英雄人们永不言败。
流浪奔波，血泪斑斑，
夕阳映红大漠戈壁。

* * *

春风吹遍神州大地，
一轮红日东方升起。
驱走黑暗，照亮人间，
千里草原百花盛开。

英雄人们一身豪迈，
苏干湖蕴藉母亲情怀。
湖水积淀母亲乳汁，
孕育儿女畅想未来。

祁连山上飘扬红旗，

生命拥有不衰灵气。

儿女构思宏伟蓝图，

为中国梦而跨越时代。

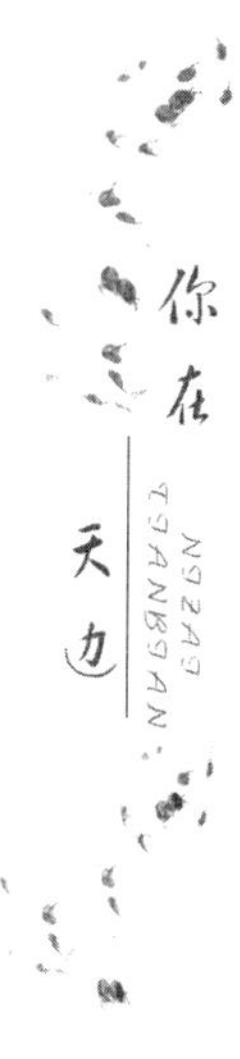

雪花的大手

灯光辉煌的街头，
我伫立在十字路口。
没有车辆，没有行人，
唯有雪花轻盈的脚步。
是谁送来冬天的祝福，
像一双温柔而刚烈的大手，
锁住了都市往日的喧嚣，
抚平我寂寞的伤口。
用你的手轻轻抚弄我头发，
仿佛挥舞一方散发香气的手帕。
你把脸庞紧紧埋在我脖颈，
狂吻我赤裸的肌肤，
我微微闭上眼睑，
极力去攫住这一瞬间，

用你的手解开我衣襟，
你的舌头直探我炽热的心，
我伸出纤手放在你手心，
仿佛要奔赴约好的梦境。
都市的街头，
雪花的大手，
美丽的回忆。

冬天，像你的吻

冬天，紧紧拥抱着我，
让我无法挣脱。
我的生命几乎在它心上停息，
冬之吻在积雪里降落。
降落在我苍白的眼皮和唇，
冬天的雪花是你的唇，
你的唇对着我的唇。
冬天的星星是你的眼睛，
你的眼睛对着我的眼睛。
尽管你在那遥远的天边，
你却离我是那样的近，
冬天，像你的吻。

乌孙女将

梦中我是女大将，
生于乌孙国土上
我身戎装赴疆场，
率领骑兵上千万，
高呼口号摧士气，
气势磅礴像巨浪，
马蹄迸溅的金花，
好像天上的流星。
匈奴侵犯乌孙国，
我是乌孙女大将，
眼睛发射出火光，
奋不顾身杀敌人。
激战七夜又七天，
歼灭敌人上千万。

创下不朽英雄传，

我的故事天下传。

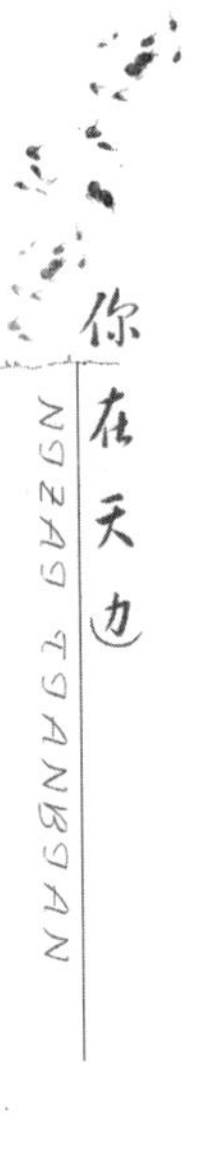

向往的小路

我向往的小路，
是乡间的丁字路口。
拾起我童年的记忆，
找回我一生的追求。

我向往的小路，
在艾草芬芳的故土。
重唱母亲的歌谣，
踩着松软的泥土。

我向往的小路，
通向山间的河流。
父亲走过的足迹，
印在十字路口。

攀

你是我的太阳，
悬挂在雪山巅峰。
多少次浓雾弥漫，
多少次雷鸣闪电。
你依然对我露出笑脸。
我奋力追求，
寻找回音，
我奋力攀登，
从未悲伤。

多少次跌倒，
我无怨无悔。
多少次呐喊，
再接再厉，

继续攀登，

雪山巅峰

你是我的太阳。

海边憧憬

第一次站在海边，
我的人生，
又一次走到起点。
大海并不蔚蓝，
眼前一片迷茫。
我心比海更广。
开始憧憬明天，
阴霾的黑夜里，
大海悄悄退潮，
天边骤亮的启明星，
点燃我眼睛的波涛。

一张照片

一张照片，
在我手中，
仔细端详，
她的模样，
每一天，每一夜，每个早晨。

她长得一般，
却不一般。
宽阔额头，
高大鼻梁，
眯缝眼睛，
看她内心，
装满高山，装满草原，装满大海。

她不是男人，
却胜似男人，
她有高山的胸怀，
大海的深邃，
草原的无边。

一张照片，
在我手中，
我仔细端详，
她的模样。
送她一支金笔，
让她描绘多彩世界，
她就是我真实的自己，
最美的自己。

今 天

今天不是今天，
如果我没有诗篇，
今天只是一个符号，
流逝在岁月间。

今天不是今天，
如果我没有读书，
让生活琐事占据，
今天只是一滴水，
滴在沙漠中，
消失得无影无踪。

今天不是今天，
如果我冷落了孩子，

让他童年没有母亲的故事，
今天只是没有记忆，
一声虚度的时光。

让奋进的汗水，
滴在今天的分秒，
今天才有意义。

我不嫌弃

我不嫌弃工作的紧张节奏，
为自己执着的爱好奋斗，
我自豪，
生活在我明亮的眼睛里，
充满了美丽的色调。

我不嫌弃琐碎的生活，
抒写诗章改变其颜色。
我骄傲，
只要儿女和丈夫面对我
微微一笑。

我不嫌弃生活平淡枯萎，
为编织梦想不懈追求。

我收获，

创造惊天动地的业绩，

让生活在我诗歌中舞蹈。

希　望

演奏美好生活的冬布拉，
希望的种子在大地播撒。
付出了多少辛勤劳动，
希望之树越长越高大。

还有什么比等待更可怕，
时间会在瞬间蒸发。
汗水换来的财富，
是你对希望的真切报答。

打开心中紧锁的大闸，
编制生活希望的彩霞。
抛开所有烦恼，奋力向前。
走过的路处处开满鲜花。

手机短信

这是我对你
亲切诚挚的问候,
这是你对我
美好吉祥的祝福。

这是一个彩霞的音符,
拨响每一根感情的琴弦。
这是一对彩色的翅膀,
带着你的思念飞到我身边。

一条短信
是一叶远航的征帆,
让你的心
我的心
一起紧绾。

童　年

在天幕与群山之间，
踩着云霭的童年。
在爱流泪的小溪流边，
精灵般嬉戏的童年，
多少个缺雨的夏天，
留下重叠的笑靥，
追逐调皮的小羊，
勾画彩色的童年，
世上一切都在改变，
唯有金色的童年，
永远无法变淡。

十年前

十年前，
我们在知识的海洋，
打捞人生目标。
用双手，
紧握时间的分秒，
青春，
在奋进中铸造，
坚硬的翅膀。
十年前，
我们徘徊在十字路口，
茫茫人海，
有多少人擦肩而过，
有多少爱不再重来。
岁月，

从指缝里流逝，
我们，
虚度了星光般灿烂的时光，
我们，
失去了五彩斑斓的黎明。
站在四十岁的门槛，
我们倾听时代的呼唤，
描绘色彩斑斓的人生。
振奋精神，
重新站在起点，
奋进的船驶向彼岸。

相 约

相约吧，
相约不在酒吧，
不在聊吧，
相约在天上，
相约在白云之上。
远离人群的熙攘，
远离嘈杂的汽笛声，
让隽永的文字，
汇入诗歌的蓝天。
让我们乘着梦的翅膀，
相约在，
白云之上。

冬天的巴里坤

我们穿过寂寞荒原的沙滩，
走进了粉妆玉砌的巴里坤。
清晨，
我撩起纷纷扬扬的雪帘，
只见，
世界尽在一片静默中。
这是冬天为春天，
编织的厚实绒毯。
我站在绒毯上，
重温千百万诗人的灵感。
语言的万顷波涛，
从我心底涌出，
我拣几瓣圣洁的花，
让时间沉思。

美的图画，

爱的诗篇。

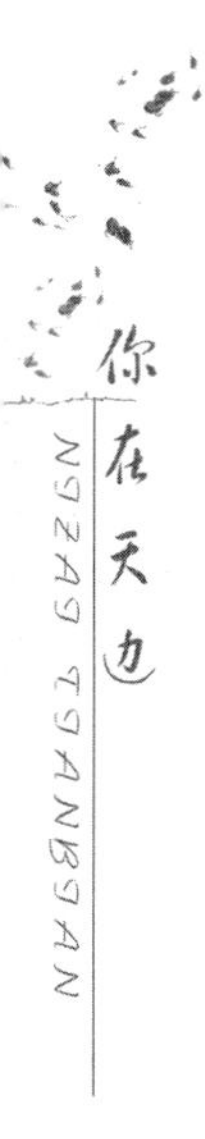

我在哪里

我在人流如潮的大街上寻找
寻找我自己
却看不到我的踪影
我在哪里呀？

我在高楼大厦的城市里寻找
寻找我自己
却看不到我的踪影
我在哪里呀？

我在车水马龙的十字街头寻找
寻找我自己
却看不到我的踪影
我在哪里呀？

在哪里？

我像只飞进城里的苍蝇！

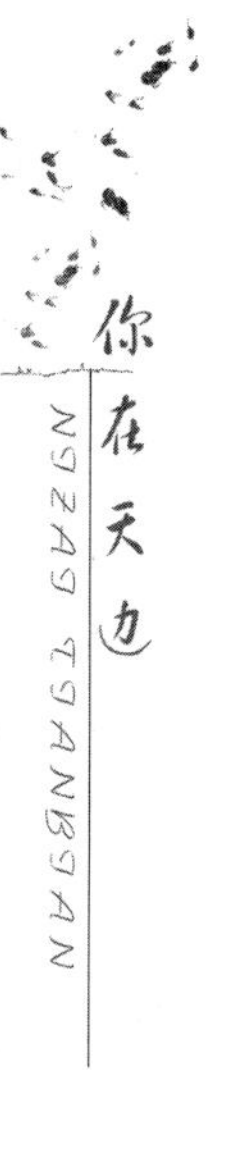

路上

你走来，

我走来，

我们走在大路上，

越过高山峻岭，

穿过茂密森林，

走过茫茫原野，

我们走在大路上。

曾经欢笑过，

曾经哭泣过，

曾经摔倒，

曾经爬起，

我们走在大路上。

路的尽头是死。

有人站在起点，

有人已到终点，

还有人在路上……

他从黎明的笑靥中走来

顶着变幻的风云，
迎着猛烈的雷鸣，
一个高大的身影，
从黎明的笑靥中走来。

历尽岁月的艰难曲折，
饱经历史的冰霜雨雪。
一个高大的身影，
从黎明的笑靥中走来。

他从黎明的笑靥中走来，
沉重的脚步，
盛满必胜的决心，
盛满坚定的信念。

他从黎明的笑靨中走来，

一溜深深的脚印，

连着万水千山，

连着世界风云。

大山的乳汁

在大山的怀抱，
一座洁白的毡房里，
我降生到这个世界。
吃着母亲的乳汁长大。
白云向东飘去，
羊群早出晚归。
山的那边有什么？
母亲说，
等你像雄鹰一样长大了，
就会知道的。
山涧小溪潺潺，
母亲说，
那是大山的乳汁，
你是吃大山的乳汁长大的。

我说，

吃过大山乳汁的人会变成雄鹰吗？

母亲说

一定能！

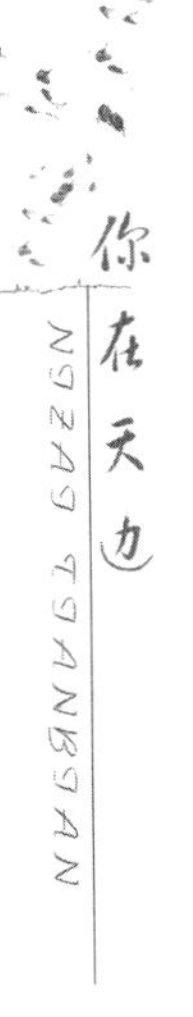

动物世界

生活失去了滋味，
痛苦和压抑，
萦绕在心里。
每天走在同一条路上，
思考同一个问题。
同样的面孔，
每天都要面对，
却没有知己。
思想已麻木，
精神已颓废，
人的世界，
失去了色彩。
朋友，走吧，
让我们，

走出稠密的眼睛，

走出的繁忙的生活。

到广阔的天地，

到动物的世界。

那里有，

明媚的阳光，

蓝湛湛的天空，

青青的草地……

还有悠闲的动物，

它们捍卫着大自然，

从来不会弄虚作假。

就让我们到大自然的怀抱，

到动物界里生存吧！

春　草

春雨押着新韵，
洗尽冬末风尘。
春草偷偷绽绿，
谱写春天乐章。

彩云拥抱高山，
溪流轻唱爱情。
恋人如云似雾，
吸引羡慕目光。

牧民心情舒畅，
为大地的春天，
用热汗的浓墨，
描绘迷人画面。

宁静的港湾

用思念搓捻的隐形线，
紧紧连着我和你的心。
不论我离你走多遥远，
也将会回到你的港湾。

你的港湾洋溢着春光，
温暖我一颗疲倦的心。
不论我历经多少严寒，
你就是我停泊的港湾。
你就是我停泊的港湾，
我这艘远航已久的船，
不论前方有多少恶浪，
再也不会被狂风掀翻。

为了我们共同的梦想，
明天，我依然要起航。
不论我走多么得遥远，
也走不出你对我的思念。

我将在你的笔下永生

是你，
让我超脱时间和空间，
生活在你的童话世界里。
我不再惆怅，不再彷徨，
是你，
为我创编了精彩的人生，
让我演绎着主人公的喜怒哀乐。
是你，
在神话里定格了我们，
牵手的那一瞬间，
我是你的主人公，
我将在你的笔下永生。

忧 伤

虚幻的梦境，
在黑夜中消失，
我心中充满了忧伤，
爱情的痛苦深藏其中，
我的心交织着痛苦的幸福。
我在流泪，
泪水是我透明的忧伤。
我在沉思，
沉思过去和现在，
我在沉默，
沉默让自己冷静。
为了爱情，
我怀抱痛苦的幸福。

夏日的怀抱

让我们，
走出拥挤的楼群，
走出稠密的眼睛，
手牵着手去寻找，
一泓清澈的泉水。
清澈的泉水，
见证我们的爱情，
让我们，
比翼双飞，
宛如一对欢快的彩蝶，
带着深情的歌，
走进夏日的怀抱。
安宁的夏日，
温馨的夏日，
是两颗心宁静的港湾。

清　泉

我是群鸟中的一只，
你也是，
我们在天空成群飞翔，
只为心中那一股清泉。
琐碎的生活，
繁忙的工作，
是否掩蔽了泉眼？
我们曾在旷野上迷失方向，
我们在深更半夜里惊醒，
你是否听到心灵深处，
悠然的泉鸣。
那是短暂的声响，
让它在心灵深处，
静静流淌，

就让心中的尘埃，

随之驱散。

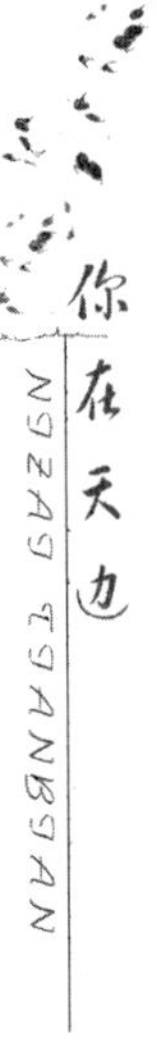

十六岁的花季

你曾像一只起舞的彩蝶，
在姹紫嫣红的花丛中飞翔。
你喜爱粉红的桃花，雪白的梨花，
还有紫云英和喇叭花。

多么奇怪的变化，
十六岁的花季，
你爱闻的已不是清晨的花朵，
而是具有辣味性、刺激性味的烟。
让一个十六岁的花季，
告别了优雅，退出了爱情。

如果你真喜欢烟草，
我愿是那爱神栽种的玫瑰，
永远绽放在你的心中。

来吧，朋友

来这里吧，年轻的朋友，
带着一颗虔诚的心灵，
来到这空旷静怡的住处。
时间可以在这里停留。
陌生的环境，
崭新的世界，
一个人坐在房间里，
静静地思索，
时间可以让你回首。

来这里吧，年轻的朋友，
一个人走在街头，
看到盖头下
那一张张含羞的笑脸，

像春天盛开的桃花，
一双双浓眉大眼，
生辉闪亮，
迷人的回族姑娘！
美丽的康乐！

我们心中燃着歌的精神

歌声迎接我来到了人间。

那天，

阿吾勒的人们，

聚在我家放声歌唱，

庆祝我的出生。

每夜，

母亲哼着摇篮曲，

歌声中我进入了梦乡。

那是我，

人生礼仪课的开端，

教我学会做人要“正”。

从此以后，

我的生活与歌紧密相连。

每次，

阿吾勒的人们，

聚在我家放声歌唱，

以歌声，

打开我的人生礼仪课堂，

教育我做人要清清白白，

堂堂正正。

我知道，

在我离开人间的那天，

阿吾勒的人们，

聚在我家放声歌唱，

用哀歌送我离开人间，

我们心中燃着歌的精神，

就像阿拜说的：

“歌声迎接你来到人间，

歌声又伴你离开人间。”

回　忆

朋友，抬起头来，
我们一起回忆，
回忆走过的岁月，
有成功和失败，
有欢乐和悲哀。
你说，
回忆很美丽，
今天的失败，
你无法面对。
我说，
你不要害怕，
不要生气，
熬过这一天，
生活很精彩，

就让它成为回忆。

回忆很美丽！

你为何带有忧郁的心情

曾经，
你想要一个小小的家，
如今，
你拥有了一个温暖的家。
曾经，
你想要一个依靠的肩膀，
如今，
你拥有了一个爱你的他。
曾经，
你想要一个自行车，
如今，
你拥有了一辆“奔驰”。
如今，
为何你带有忧郁的心情？

你说，

你有空虚的精神！

曙光女神

我锁住了温柔的眼睛，
进入了婴儿般的梦乡。
你身穿洁白的轻纱，
出现在我的床边，
琥珀般的光，
照耀着整个房间。
你那慈祥的目光，
望着我的脸庞，
你俯下身子，
送给我一只金笔，
我刚要拿在手里，
你便从我的房间消失，
猛然间，
我睁开眼睛，

你从窗户飞翔天空，

一缕曙光照在我脸上，

啊，原来你是曙光女神！

延长青春

有的人活得很累，
觉得日子过得乏味。
只有童年彩色的记忆，
丢失青春跳进了年迈。

有的人活得自在，
因为生活没有大碍。
只求青春常在，
人生才变得多彩。

无情的岁月像书页，
一页翻过又一页。
青春像只远飞的鸟，
不留痕迹地飞过。

长寿不如延长青春，

精力旺盛才能逞强。

盛年期保留一股活力，

得失成败才能衡量。

相 遇

当我们漫步在树林里，
一颗心暗自等待。
当我们爬上巍巍山顶，
一颗心默默寻找。
当我们走到海角天涯，
一颗心急切等待。
当我们忙碌在工作中，
一颗心依然期待。

等待、寻觅、期待，
那是你等待的心灵。
等待的心灵彼此相遇，
相遇在彼此的思念。

恋人峰

披着轻纱的山巅，
像个羞涩的新娘。
躲在层层云团间，
坚守爱情的诺言。

远方飞来一群雁，
途中看见恋人峰。
纷纷落在峰肩上，
倾听传奇爱情篇。

五千年前在人间，
一对恋人难相逢。
历尽磨难相逢时，
巫婆诅咒变山峰。

故事打动一群雁，

愿把故事天下传。

排成人形来诉说，

远方有座恋人峰。

圣 像

她仪表端庄，却很神奇，
超越了时间和空间。
她静立在喧闹的路口，
焕发着高尚的美丽。

她那双眼睛含着慈祥，
身上披着迷人的光环。
我从人群中脱身而出，
感悟她最纯最美的心

我困倦的心得到慰藉，
思想穿过时间和空间。
虔诚的心充满景仰，
面对着纯洁的圣像。

水上乐园

站在高处远眺水上乐园，
天鹅结伴在长空盘绕。
目光追着它们的踪影，
落在静静闪光的湖水。

静静的湖水绿树拥抱，
碧绿的湖面天鹅嬉闹。
洁白的天鹅、湖水、绿树，
拼成了一幅立体的画面。

远处走来一群姑娘，
欢声笑语飘荡在湖面，
哈萨克姑娘与天鹅一同，
奏成自然和谐的乐章。

幼儿教师

明亮的教师四周，
绿树轻轻地环绕。
年轻的幼儿教师，
浇灌着一棵棵幼苗。

祖国未来的风貌，
园丁在探索思考。
一滴晶莹的热汗，
洁白的土地闪耀。

一张甜蜜的笑脸，
温暖孩子的心房。
描绘家乡的蓝图，
打开神秘的憧憬。

人生阶梯

人生像一座隐形高塔，
每个人都在攀登这座塔。
高塔有一百级过一点，
却很少有人爬上塔顶。

一个人一年登上一级，
攀登高塔却不容易。
谁都不知道能上几级，
阶梯就从脚下消失。

谁也无法确定最终阶梯，
却要奋力向上爬去。
爬到自己的终点阶梯，
随同阶梯一样消失离去。

我们活着

我们在这个世上，
说不出任何原因。
作一短暂的逗留，
充满了神秘情感。

为何而来又去何方，
心中只有神秘答案。
世界很大心比天高，
信仰是心灵神秘力量。

我们活着与人相伴，
父母、孩子还有爱人。
短暂人生为人活着，
特殊福分不同身份。

追求真理、美和正义，
心不迷失不会恐惧。
坦然面对人间苦乐，
心中充满神秘情感。

永不道别

我迎着明媚的阳光，
露出甜蜜的笑脸。
你温文尔雅、风度翩翩，
轻轻走到我的身边。

玫瑰花儿绽放四周。
你说一生为我守候。
秋天到来我将凋谢，
你说永远记住当初。

我们一生没有冬天，
莫让悲哀萦绕心间。
我的夏天我的一生，
有你守候有你陪伴。

我迎着明媚的阳光，

露出甜蜜的笑脸。

你温文尔雅、风度翩翩，

我是玫瑰你是蝴蝶，

无怨无悔永不道别。

诗 人

你在天地发现美，
莽原里、大漠中，
你能领悟美的气息。
清风里、流水间，
你能发现流动的美。
平川里、崇山间，
你能感悟静止的美。
你用浅显的比喻，
阐述生活中隐藏的美。
一双明锐的眼睛，
撷取美丽的花朵，
栽在心的中央，
抒写心中爱的乐章。

狂风呼啸

沉睡的狂风，
被春天吵醒，
伸展四肢，
摇晃脑袋，
虎视眈眈，
环视四周。
山川、房屋、大地，
换装披绿，
狂风无法容忍，
发起威力，
想要吞噬大地。
凄厉的呼啸，
好似为死神的猎物，
哀悼。

遮天盖日，

张牙舞爪，

像个施法术的妖魔，

喀拉套的风，

春天发疯，

冬天沉睡。

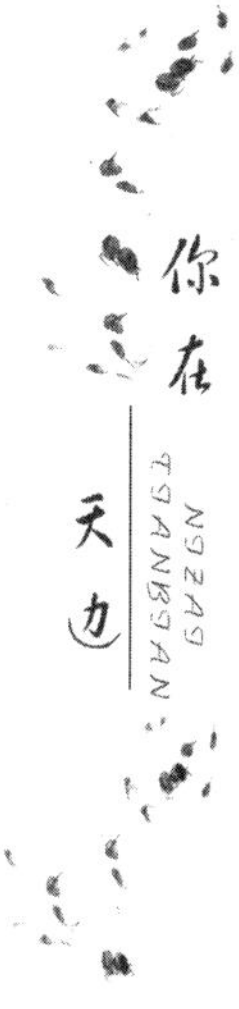

三胞胎

母亲九月怀胎，
生下我们三胞胎，
一个是哥哥，
一个是妹。

我在他们中间，
我们血脉相连，
我的外貌像哥，
我的内心像妹。

漫长的岁月流逝，
我在他乡奔波，
我的孪生姊妹，
日夜守候故土。

多少次我们相聚，
不朽的拥抱分离，
内心得不到慰藉，
有一份惆怅孤独。

多少个春夏秋冬，
目睹无数次诞生，
无数次繁荣和死亡，
我们依然年轻力壮。

我的孪生姊妹，
我们血脉相连。
哥哥叫大山，
妹妹叫小溪。

你的真实

想看到你自己，
背向着太阳，
看到的是你的影子。

你喜欢黎明常在，
虚度昼夜，
黎明悄然会流逝。

你期待秋天到来，
不经历风雨，
盼不到秋日果实。

你小时候盼长大，
长大怀念儿时，

虚度青春年华。

你的真实，
在深哀中显露，
在极乐中显露。

诗　歌

诗歌，
不是我心中的表白，
诗歌，
是我心中的歌谣。
诗歌，
不是我思想的轨道，
诗歌，
是我灵感的歌唱。
诗歌，
不是心血来潮的结晶，
诗歌，
是我心中流动的血液。
诗歌，
不是我随手采来的花朵，

诗歌，

是我心中百花齐放的芬芳。

诗歌，

不是我单调的催眠曲，

诗歌，

是我艺术宫殿里的交响乐。

诗歌从我伤口中涌出，

诗歌从我笑口中涌出。

生　活

你说对工作厌倦了，
你明天就可以辞了。
你说住宅很狭窄，
明天要把它卖了。
你说衣服穿旧了，
明天要把它换了。
你说饭菜乏味了，
你可以改变味道。
你说生活乏味了，
缺少的是渴望，
你说渴望又是那么空洞，
你说自己没有激情了。
我说带着爱去工作吧，
有爱生活不会变灰色，

带着爱去生活，

生活才有激情，

生活才有渴望。

带着爱去播种，

生活才有喜悦的收获。

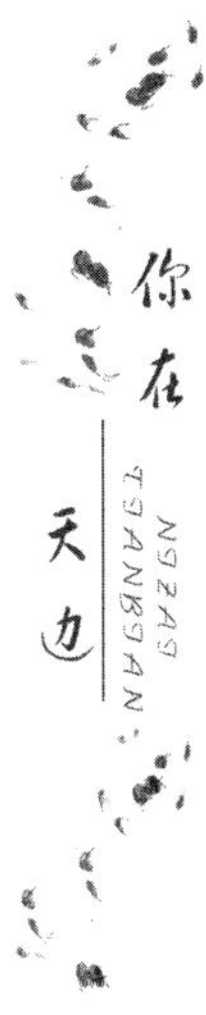

彩陶罐

羊角双钩纹的彩陶罐，
陈列在康乐博物馆，
纹路细致的图案，
像一个生活的密码，
见证我们先民的文化。
距今有三千年的历史
哈萨克人的族源之一，
曾活跃在草原上的羌族。
依赖草原成长的民族，
与大自然深切的接触，
漫天云锦簇拥着毡房，
我们勤劳勇敢的祖先，
放牧牲畜成千上万。
崇拜日月，守候山水，

羊角图案源远流传，

昭示祖先智慧的经典，

流畅的线条勾勒出

丝绸古道奋飞的图腾。

大地渴了

几个月来，
天不下雨，
只刮大风，
人们的希望，
一次次落空，
溪水干涸了，
青草变黄了，
狂风呼啸，
惊散聚云，
沙尘弥漫，
空气污染，
鸟儿哀鸣，
伫立在枝头，
失落的人们，

焦渴的心情，

大地渴了，

阴沉的天空，

坚如岩石。

夜空歌唱

火上的阳光渐渐熄灭，
地面的薄暮慢慢升起。
月儿悄悄溜上天空，
山谷里吹来一阵风。
我默默地坐在毡房里，
牲畜在棚圈里沉睡，
夜的飞翔悄无声息。
点亮一盏煤油灯，
躺在夜的温情怀抱，
我进入了深深的幻境，
沉浸于甜蜜的想象，
乘着淡淡的月光，
长着翅膀的幻想，
在黑夜里飞翔，

心在夜空里歌唱，
歌声在洁白的纸面，
书写不朽的诗章。

秋日黄昏

夕辉似金的傍晚，
你目送她的背影。
一片树叶飘然而下，
你看到枯萎的美。

俯下你高大的身子，
拾起枯黄的叶子，
你的四周寂静荒凉，
不禁感到一丝惆怅。

耳边没有她的声音，
只有风儿飒飒作响。
你反复念叨她的芳名，
黄昏的夜空，
空空的回音。

爱的护身符

万物静寂的深夜，
我半梦半醒地躺卧。
纯洁美丽的圣母，
爱抚着送我护身符。

她说，送我的护身符，
具有神秘的力量。
让你渡过难关，
有爱和你陪伴。

我一时沉默寡言，
瞬间从梦中惊醒。
圣母自然消失，
我紧紧捏着护身符。

林中漫步

漫步在林中，
我懂得大自然。
这边小鸟在交谈，
那边乌鸦在争论。
每棵树个性鲜明，
每只动物都是演员，
它们有情也有爱，
绿油油的大树是舞台。
我漫步在林中，
在灵魂的静默中，
感到一切事物的魅力。
婉转悦耳的叫声，
从林里散发的花香，
和谐的自然界，

优美的交响乐。

我漫步在林中，

心想，

来世作个小鸟，

蓝天为家，

森林为巢，

远离城市，

远离嘈杂。

激发心中爱的喜悦

岁月悠悠，
时间不可回头，
人事纷繁，
人生短促。
独自坐在角落，
细细品尝一杯清茶，
方能赏出真味道，
人生不过如此。
独自来到花园，
静静观赏一束鲜花，
方能看出它的美丽，
人生不过如此。
独自坐在房间里，
播放一曲音乐，

沉浸在优美的旋律，

人生不过如此。

人生充满酸甜苦辣，

莫让生命变得枯竭，

激发心中的光明，

激发心中爱的喜悦。

往 事

看到一叠老照片，
让你思绪回到往事。
聆听一曲老歌，
让你思绪回到往事。
往事萦回在心头，
宛如谐音悠悠的旋律。
往事犹如和风拂面，
在心田轻盈地摆动。
往事像一幅画卷，
纵有平原山川，
隐约的小岛，
零星的岩石。
梦中的风光，
纵有恋人的倩影。

甜蜜的往事，

抹不去心中，

儿时的烙印。

流星把爱传递

云朵漂在河里，
激流涌向天际。
唤不回的回忆，
宛如流水无痕迹。

你的心泅向天际，
大海保持着气派。
我向你勇敢献吻，
狂风暴雨已平息。

相识、相逢、亲昵，
作别爱的记忆。
相隔千山万水，
流星把爱传递。

读　书

阴雨绵绵的岁月，
我们在泥泞路上，
奔波。
繁忙琐碎的生活，
我们在飞逝的时光，
轨道回首。
疲倦、困惑、沮丧，
萦绕心间。
默想人间乐事，
唯有读书的喜悦，
美好而微妙，
融化冰冻的心。
快乐的时候读书吧，
驱散心中的阴云。

悲伤的时候读书吧，

能给我们温暖，

希望和力量。

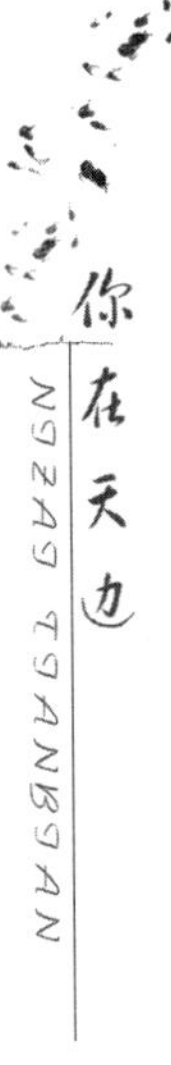

相信自己

过去、现在或未来，
总有一天、一时、一秒，
每个人在一生中，
都有最辉煌的瞬间。

一个嘴笨的人，
会说出深刻隽永的话，
胜过一个作家，
日夜斟酌的语言。

每个女人一生中，
会有如花似玉的时刻，
过去、现在或未来，
即便相貌平庸。

每个作家一生中，

会有一篇、一段或一句，

接近于著名作家的作品，

相信自己。

另一个自我

另一个自我，
终日劳苦的自我，
跳出来面对着我。
对我提出抗议：
我付出了苦力，
忠心耿耿于你。
为了你的日子，
编织得绚丽多姿，
时刻听你的摆布。
为了创造的事物，
我永不得停息，
你却不知感激，
总是把我嫌弃，
我该如何才对。

另一个自我，
原来那么孤独，
这才让我醒悟，
另一个自我，
请你不要生气，
我不能没有你，
其实你很优秀。

我在他乡

远离了故土，
远离了亲人。
我在他乡，
漫步在街头。
语言不同，
我默默无声。
我在他乡，
云雾裹身，
沉寂缠心，
我自言自语，
我孤芳自赏。
我在他乡，
漫步在街头，
有人向我问路，

我只摇头，

他说我耳聋。

有人要我让路，

我不作声，

她说我是疯子。

我在他乡，

谁能听我诉说衷肠。

心灵是我的朋友

心灵是我的朋友，
我常常和心灵对话。
当我遇到挫折，
心灵勉励我
勇敢走过去。
心灵是我的朋友，
心灵常常和我交谈。
当我感到无助时，
心灵给我指点方向。
心灵是我的朋友，
我常常向心灵表白。
当我失败沮丧时，
心灵安抚我，
劝我重新再来。

心灵是我的朋友，

心灵常常教导我。

当我取得成绩时，

心灵告诫我，

荣耀将过去，

要奋进未来。

林间空地

这片林间的空地，
仿佛是上苍刻意创造，
四周白桦树排列整齐，
我赞美山水的精巧构思，
我惊叹自然的奇观设计。
这片神奇的空地，
到处苍翠欲滴的浓绿。
万道霞光亲吻大地，
头顶一片蓝丝绒苍穹，
脚下一块绿色绒毯。
这是幻想家向往的地方，
这是情侣热恋的地方。

我爱你

我爱你，

你点燃自家那盏灯，

挂在门前照亮行人。

我爱你，

你熬一壶香喷喷的奶茶，

供予干渴者饮用。

我爱你，

你用一颗无私的爱心，

扶起路边摔倒的老人。

我爱你。

你用一颗虔诚的心，

在教堂里祈祷。

我爱你，

你的淡泊名利，

清正廉洁。

你是一束光，从天而降

你是一束光，从天而降，
蒙蒙细雨，润我心上。
洒脱自如，是你的风范，
静静守候，是我的梦想。
相约千年，相逢雨中，
爱在何方，从天而降。
茫茫人海，路在何方？
一束光芒，照在我心上。
拨动心弦，雨中奏响，
爱的旋律，美丽车站。
相逢瞬间，定格心间，
放飞梦想，爱情起航。

你的呼唤把我唤醒

我像个小鸟，
躺在鸟窝里，
“我爱你”
轻轻地，
你在我耳边呼唤。
我微微睁开眼，
只有余音，
不见你的身影，
我愿飞到你身边。

我像个婴儿，
睡在摇篮里，
“我爱你”
轻轻地，

你在我耳边呼唤。

我微微睁开眼，

只有余音，

不见你的身影。

我愿沉睡一百年。

我像睡美人，

在宫殿里沉睡了，

一百年。

“我爱你”

轻轻地，

你在我耳边呼唤，

我微微睁开眼，

你在我心里，

你在我生命里，

不离不弃。

在你的手心

我是一只小小鸟，
你把我捧在手心，
小心翼翼举过头顶，
对着苍穹呼喊：
爱在我身边。

我是一只小小鸟，
你的手心，
是我温馨的窝，
我对着蓝天呼喊：
爱在我身边。

在我的气息里，
你醉了，不愿醒来，

愿把我捧在手心，
躲过世间的风风雨雨。

在你的手心，
我醉了，不愿醒来，
这里是我栖息的港湾，
在你的手心，
我愿一生一世。

他们知道

我站在山脚下，
山在沉默。
像一位仁者，
闭目养神。
神秘的山啊，
你隐藏多少故事，
谁能告诉我？
雄鹰在山顶盘旋，
它知道山的故事。
白云在山腰歇息，
它知道山的故事。
小溪从山顶流下来，
它知道山的故事。
阳光从山头照过来，

它知道山的故事。

风从山那边吹过来，

它知道山的故事。

只有我不知道。

楼　房

华灯万盏的城市，
多么巧妙的构思。
昔日低矮的平房，
已被高楼大厦代替。

昔日的一户院落，
崛起了豁亮大厦。
容纳几百户人家，
家家按顺序排列。

奇思妙想的技艺，
楼房由平房叠起。
从高空俯视楼房，
宛如孩子的积木。

一个小小的窗口，
都是不同的住户。
人类文明的发展，
与环境保护融合。

一个小小的窗口，
穷人望而却步。
富人唾手可得，
有人甘愿做房奴。

她的闪现

她的闪现，
披着一身，
闪光银纱，
宛如流星，
划破天空。
美在瞬间，
美得非凡。
她的闪现，
宛如流星，
在他心中，
永远闪耀，
追求辉煌。

闯 荡

闯荡，

是我的梦。

背上行囊，

装上勇气和力量，

闯荡。

放弃温馨，

放弃繁忙，

超越怯懦，

超越自我，

闯荡。

唯有孤独的闯荡，

方能感受你的陪伴。

闯荡，

袅袅心中每一个罅隙，

让一些执念无怨无悔。

闯荡，

让我的灵魂，

独守一方晴空，

守着我不老的梦，

让青春模样静静绽放。

纯真的眼睛

一双眼睛，
纯真无邪。
一颗心，
纯净善良。
纯真的眼睛，
宛如蓝天。
无限的纯净，
给人烂漫。

雨

我愿久久地倾听，
倾听你的絮语。
我愿伫立在傍晚，
吻干你的眼泪。

雨神的眼泪，
哀伤的怨诉。
透明的英姿，
美丽的契机。

我爱你的激情，
你呼唤着爱情。
你用晶莹的泪水，
浇灌枯萎的心扉。

相 思

一夜乱梦到天亮，
谁知伊人在何方
晨风叩门送清爽。
稀落残星挂东方。

踏上繁花的古道，
相思在心中萦绕。
花瓣片片落地上，
恰似心中相思苦。

月亮、星星和春风，
寄托伊人的相思。
伊人依窗寄相思，
相隔天涯在远方。